당신을 구우니
내가 사라졌다

당신을 구우니
내가 사라졌다

초판 1쇄 발행 2025년 12월 31일

지 은 이   김나현
펴 낸 이   김동하
펴 낸 곳   책들의정원

출판신고   2015년 1월 14일 제2016-000120호
주   소   (10881) 경기도 파주시 산남로 5-86
문   의   (070) 7853-8600
팩   스   (02) 6020-8601
이 메 일   books-garden1@naver.com

ISBN   979-11-6416-264-2 (03810)

당신을 구우니 내가 사라졌다

김나현 시집

말은 감정의 잔해에 머문다.

부서진 자리에
가장 늦게
다시 숨을 들이켜듯.

차례

1부
무해한 애도

2부
이름 없는 몸

3부
묻히고도 남은 밤

4부
몸의 말들

1부

무해한 애도

소멸을 작은 새가 말한다면

하지만 나는 내가 있어야
네 계절의 가장 흐린 날에도
지워지지 않을 수 있어

진눈깨비가 날리던 날
처마 밑에서
몸집을 작게 한 새가 말했다.

깃을 둥글게 부풀린 채
하늘 한 귀퉁이를 올려다보니
소멸이란 단어가
아주 작게,
부리 끝에 내려앉았다.

끝내
다 젖진 않았던 거야
이번 겨울만
견디면

침잠지에 서서

파문도 없이
서서히 끓던 수면
적시기도 전에
기포는 위로 솟구쳤다

너울의 골절선
이끼 낀 등껍질
오래전 잠긴 호흡을
눌러앉고 있다

무심한 계절

　잠시 걸어둔 옷가지. 낯설게 피부에 닿는다. 냉기 속에 오한이 세포 구석구석 무뎌져 간다. 창을 넘긴 빛 한 모금. 미광이 떨어져 누구의 눈물인지 모를 이슬을 비춘다.

　오늘은 꼭 나가봐야지. 오늘은 꼭.

　바짓가랑이를 늘어 잡은 콧물 말라붙은 꼬마. 턱밑에 흙물 자국을 슬쩍 털어주고 그 손을 놓아야지. 너는 잠시 이 집에 있으라고. 바닥 너머의 어둠, 어제 다 닦아 놓았다고.

　나는 문을 열었다. 잠시 뒤를 돌아보았다. 등부터 조금 녹이고 싶어서, 어쩌면 저게 우리 작은 집을 전부 태워버릴지도 모르잖아 라고 말할 자신이 없어서 나는 등을 돌렸다.

한 걸음,
또 한 걸음.

뒷걸음질이 앞을 향했는지
햇빛은 따스했는지

말라야 했는데

그 무렵
장마를 닮은 너를 걸어두었다

숨이 트이던 날
너를
한 장의 수건처럼 털고
다시 젖고,
또 널다가

말라야 했는데

쉰내마저 낡은 인생 이야기들
아문 구월에도 듣고 싶어질까 봐
서랍 깊숙이
개켜두었다

집거미

비 오는 날 젖은 머리칼처럼
축 늘어진 장판
실리콘 마감이
반대 방향으로 애써 빗은 가르마 같았다

늘 있던 홈일 텐데
그날따라
모서리 하나가 흐트러져 있다는 걸,

살아낸 날들 끝에
그 안으로 스며들 듯
밀려 있었다

가느다란 다리가
천천히 바닥을 더듬으며 방황한다
네 쌍의 실오라기
정적인 공간을
지나가던 푸름이 비튼다

너를 오래 바라보았다.

허리부터
새우잠처럼 말려
숨도 무릎께
걸어두고
기울어 있는 생을,

어디서부터였을까
어디까지일까도 모른 채
들여다보았다

그저,
그 작은 것 하나에.

이 집이 살 만하다는 뜻이구나—

내가 살아가는 온도에서
너는

보이지 않는
시간의 실금들을 뽑아
내가 겨우 버티는 습도에
가장 찬란한 광기를 엮었겠다.

우리는
덧칠된 잔광만큼 하찮았던
위로의 눈을
감고

파르르 부딪는
끊기 직전의 날갯짓을
기다렸다.

살아가듯

피멍

허벅지 안쪽에
붉게 번진

쓸림보다 감정이 더 미숙했고 망각보다 그 새벽이 더 조심스
러웠다고 견뎌낼 수 있다고 말했다.

쓰린 건
그저 살갗이라
믿기로 했는데

아무것도 아니던 오늘을
덜 위태롭게 만들던
각인

지웠을 뿐인데,
안녕이 남았다

작은 눈 하나가 방 안을 걸어갔다

그을린 눈동자가 걸려있다

바람에 쓸려온
털 가닥,
시린지도 모른 채

물가를 더듬던
손결

퍼슬—

젖은 여백이
피어난다

주머니 속
꼬깃꼬깃 접힌 조각
잊힌 문장

그 바람
눅은 바람
잠시 등을 밀고,
저만치 사라진

비등점

뒤꼍 장독대에 웅긋스레 앉은
마름한 구원

한 움큼 퍼서 삶아버린
야만적인 사디스트. 그는 무엇을 먹은 건가
정육점 칼을 물고 검은 턱수염에 피를 발라
다정히 웃던
위선자는

옹기에 덕지덕지 붙은 역정들
뜸을 떠
다시 달인다

핏발 선 말들이 끓어
김 속에서 부풀어 오른다
구역질나는 희망이 치미는 건, 아무래도

나를 기만하는 명치

박박 긁고 싶은
눈은 속내.

끝을 놓지 않는 고랑에
저녁을 벌고
저녁으로 삼켜야 했던 누에

유리 비단으로 감은
혀를,
풀지 못해서

곤지

내 아레카야자 화분이 말랐어

이글거리던 갈기 때문이었을 거야

겨우 몇 알
실의에 무른 구슬이
달려 있었다고

식어버린 보리차는
하수구로 흘려보내야 했네

노래진 잎사귀에라도
붓고 싶었는데

혹시
축였던 잎이
타버렸을지도 몰라

이마 끝까지
덮어야겠다

그 해가
옅게 칠해준 곤지

정적의 유성

궤도 밖으로
밀려났다.

스친,
머문,
지나간
그 이치

묵은
기척 하나

자꾸만
그 궤적을 따라 걷다가—

움켜쥔
손을 보았다.

접힌 손등
주름 하나
펴질 듯

새어 나오는
흔빛

—

희미한 숨결,
아닌
멸滅

혹은
그리 믿고 싶었던 것.

잘라내야 비로소

낙엽이 우수수 지던 어느 날,
힘찬 울음과 함께
되돌릴 수 없다는 것이
그렇게
짐처럼 얹혔다.

쭙—
조기살을 발라내던 당신 앞에서
오물오물 고개를 끄덕이던 아이는
두 해가 지나
태어난 울음에게
거봉의 껍질을
쭉, 하고 벗겨 무는 법을
가르쳐주었다.

손끝에 물든 검보라
두어 번 문질러도
지워지지 않았다.

겁에 질린 아이는
혹여
손가락을 자르면
젓가락은 다시 쥘 수 있을까,

뭉툭해진 손바닥을
저 생선살에라도 비벼
지느러미가 자라길

칫솔을 문대고도
당신의 입에서
비릿함이 풍기자

그제야

지느러미 없이
헤엄치는 꿈을 꿨다.

잠복

추레한 알갱이들이
저며든 듯
짠내 서린
창백한 목덜미 따라
쓸려간다

내가 태어나 처음 모래놀이를 하던 날
집으로 돌아가는 길
주머니에 챙겼던
부스러기들,
겨우
한 줌이었는데

꿈자리에까지

몸살을 앓는
알러지처럼
숨죽이며

서걱서걱

겹겹이

배겨들어

털어내도

끝없이

아아 오늘은 꼭 바닥을 쓸어야지
한데 모아
영종도 바닷가에
다시
뿌려주고 와야지

젖은 방석

울먹거리던 어린 마음이
잘게 부순
미련을 삼키고

절반의 기억은
애증을 품고
천천히 떠내려간다

끝엔 언제나 여운이 남는 건가요,

띄워 보낸 쉼표마다
잔물결이
덕지덕지

나는 아직도
출렁이는 자리에
앉아도 되는 건지
몰라요

다 지나간다고 말하던 사람들은
왜 다시 울어요?

기억은
젖은 방석 같아서
엉덩이가 시려요

허리를 덮었던 약속도
괜찮다고, 괜찮다고
말할수록
더 번졌어요

어른도
그을릴까요

괜찮다 말한 마음들도
언젠가
젖어 버릴까요

한 조각

'아' 하고 벌린 입에
그는 과자를 넣어주었다

별것 아닌 가루들이
입술 옆에 닿았다가
체온에 밀려
뺨을 타고
미끄러졌다

말은 없었지만
그 멎은 숨결 속에
어쩐지
따스함이 고여 있었다

무릎 위에서
애써 읽던
어른의 얼굴을 접었고

무심히,
돌봄인 줄도 모른 채
쥔 손안에서
사랑을 흘리듯
놓아주고 있었다

몰랐기에
너무 쉽게
흘려버릴 수 있었던
온기,

다음에도
그 입을
기꺼이 열어야지

너의 잔여

잊힌 이름이
반쯤 탄 발음으로
입 안을 적셨다

눅은 잿더미 아래
아직 사라지지 못한
무명의 불씨 하나

그것이 너였을 텐데

내가 꺼뜨린 불이
이토록
차갑게 오래 타네

당신을 구우니 내가 사라졌다

당신의 윤곽이 내 가마에 파고든다
초벌도 되지 않은 채
찐득한 어리광을 부린다

풍화된 고백을 치대며
말의 온기를 더듬는다.
무른 흙이 내 손을 기억할 때쯤
당신을 모양 지을 수 없었다

그 빈 껍질을 안고
팔백 도를 헐떡이고 나니
뼛가루만이,

텅 비었다

무결해진 잔해를 개어
다시 나를 빚기 시작했다.

척의 곡선

등 뒤에 드리운
낡은 짐승 껍질

막 피어난 불씨

곧장
뜯긴 숨결

싸늘하게 식어버린
메마른

침잠하는
척의 곡선

어깨춤에
굳게 쥐던 두 악력
축 늘어진 털끝

촤악.

등골을
할퀴는
바람의 찌꺼기

땀구멍

빗자국

번지는
붉은 점

덮고 있던 작은 품,
지나고서야
그 자락을 스치듯

무해한 애도

빛은 한기를 품은 채 폐 안에서 부패해 갔다.

그들은 오래전 갈라진 혓바닥으로
창문 틈새를 할짝였다.

죽음보다 지독한
되풀이되는 고요

그저 또 하나의 고통 위에서
목을 축였다.

혀끝에서 말라붙은 진실의 금,

어떤 것들은 죽는 방식으로만 살아 있었다

2부
이름 없는 몸

엔딩에서

과탄산소다를 집어
흉터로 얼룩진 침대보에
식은 물을 붓고
문질렀다

그림자가 잃어버린 나침반
몽에 잠긴 새벽을
유영했다

나는
숨이 희미해지는
베갯죽지에
이마를 포옥, 맡긴 채

어디까지 가려는 걸까
너무나 작았던 소망

심장을 고치는 법

뒷재 장터 어귀, 짚불 연기 너머로
뜨내기 장사꾼 하나
모습을 드러냈소

열 겹 천을 단칼에 가른다던
묘한 가위 한 자루를
손에 쥐고 소리치더이다

　　　이 연단 가위는
　　　절로 무디어지지 않소!
　　　서쪽 바다 건너 재단사들조차
　　　손보다 이 한 자루에
　　　목을 맸다 하오.

　　　결 따라 베면
　　　마음도 곱게 잘려 나가니
　　　보시라,
　　　이토록 고르고 매끄럽소.

헌 고무신 널린 골목엔
울퉁불퉁한 심장을
가슴께 품은 자들이
쇠진한 걸음으로 하나둘 모여들었소

그중 한 자,
허리춤을 고쳐 매며
물었지요

　　이보시오 장사꾼.
　　혹 이런 것도 베일 수 있겠소?
　　나는
　　동글고 방정한 심장을
　　한 번쯤 지녀보고 싶소이다.

장사꾼,
심장을 기울여 살피다
맥 한 자락을 눌러보네

흠, 무르구려.
뛰질 않으니
날 끝도 흔들릴 일 없지요.

원래
죽은 천일수록
더 곱게 잘린다 하오.

허나, 이건 좀 심히
너덜하구려.

그는 그 말을 남기고
다음 심장을 들어 보았소

고개를 갸웃하며 말하더이다

그런데 말이오,
이만치 헐거운 걸
또 어디를 덜어내시려는지요?

겨울의 쥐, 침묵

이렇게 살아도 괜찮은 걸까.

서릿발 틈, 얼어붙은 아랫배에
쑤셔 넣은 듯한
살덩이를 달고
제 배를 핥는다

자궁인지 내장인지 모를
붉은 주머니가
쥐새끼 같은 생을
우글거리게 품고

이 고요는
가쁜 숨을
잊은 채
살갗을 먹이고 있다

그러다,

고인 시간의 비명마저
목을
넘긴다면

그 질문이
끝날지도 모르겠다.

기억을 먹다

눈꺼풀 뒤
물비린내 같은 회상이
살금살금
밤을 썩힌다

퉁퉁 불은 살점
질근거리는 내장

생선처럼 발라지다
버려진 뼈를
고스란히 삼켰다

( )는

자신을
찢어
발긴 후에
병,
그 안에
담긴 ( )를

— 마신다

더럽고
무르고
혀끝에서 뜨거운지
차가운지도
잊힌 뒤에야

웃었다
찌그러진, 미간처럼

변두리 옷가게들

1

처음 본 그녀가
뼈해장국을
먹고 가란다

좋아하지도 않는 음식인데
거절은
늘 더 번거롭다

"넌 내 친동생 같다니까."
말끝에 붙은 친근한 억양이
조금
두텁다

먼지 냄새가
쿰쿰하게
살에 스미고

문 밖을 나서서야
목소리보다 느린 것들이
툭툭,
떨어진다

2

'주일은 쉽니다'
문구 뒤편에
불이 켜져 있다

간이 주방 너머
웅덩이,
군데군데
엉긴다

반쯤 빠진 발끝이
말라붙은 바닥을
더듬는다

고른 치마 한 벌
허벅지 위로
끌어올리니

천보다 얇은 시선이
더 질기게
다리에
달라붙는다

흘끗,
보던 아주머니

"어휴, 젓가락도 저거보단 튼튼하겠다.
어디 빠구리나 치겠어?"

손바닥을 치며
깔깔 웃는다

말보다
그걸 맛있게 뱉는

입술 곡선
오래된 비닐봉지처럼
평생

떼어내지 못하겠지
등 뒤로 쏟아지던
늘어진 눈빛
그 진득한 꼬리,

끝내
문턱까지 따라붙는다

"살 좀 찌워, 아가씨.
밤마다, 사람이 탈 나겠다"

말이
아무렇지 않게
내 몸을
벗긴다

붉은 선

이 남자의 몸은 빳빳하게 굳은 채 화구 앞에 서 있다

그가 목탄을 들기 전
이따금 삼키는
짧은 숨은

산통 끝 질식할 듯한
정적 속에서

둥글게 말린 골반으로
마지막 힘을
욱여넣던
정지된 고통

의 몇 초,
오그라든 심호흡처럼

깊었다

누구도 모르는
기이하고 오래된 버릇들이다

사포 대신 조각도로
목탄을 다듬고
그 칼을
하루 종일 닦는다

나는 이 남자의
기이한 습관을
구경하는
기이한 취미에
더욱 잔혹한 장면들을
얹는다

그의 칼은
무뎌질수록
선을 더 정밀하게
그어낸다

난로 위
김 서린 주전자에
손등을 대던
어느 오후의

열감이 남은 살갗 위로

데생처럼
가는 선들을 그린다

한 줄,
또 한 줄

그 선은

어디까지
이어진 걸까

목부터, 복부까지

그가 그리는
모든 몸의 궤적들이

실은,

한 방향으로
이어진 걸
끝내
보았으나

어쩌면
잔혹하게 일그러져 있던 건
내 두 눈이었음을

소실

낡은 포대가
축 늘어진 보풀들을
질질 끌며
아스팔트를 긁는다

저 멀리 덜컥거리는 다마스가
멈춰 서 있다
아마도 녹슨 철창들이
켜켜이 눌려있겠지

주인 잃은 마당개는
혀를 물지 못한 채
눈만,
껌뻑였을까

깊이 스민 붉은 녹이
마디마다
부서지는 소리를 냈겠지

발버둥 치던 발은
무기력하게
붕,
달아올랐을 것이다

쓸모없어진 상상들이
한 평짜리 방바닥에서
조용한 몸짓으로
기어다닌다

죽음도 가끔
그렇게 다녀가지 않을까

무음의 새야

그런 생각이 드는 날은
대부분
날이 다 젖고 나서였다.

지저귀는 희뿌연 숲엔
벙어리 비명들이
뒷목에 엉긴 채
매달려
그 아래
무음의 새들은
날개 없는 추락을 반복한다.

날마다 되감기는
날,

무음의 새야―
너는
울 수 있니

무음의 새야,
오늘은
혼자 두어야 해

…근데
같이 있어야만 해

네 침묵이
너무 크게 운다.

허물

나는 벗는다
습한 그늘—
갈라진다

허물 아래
아직, 붉다

비늘
몇 겹
갈라진다

(죽음이 죽었으므로)
갈라진다

(죽음이 죽었으므로)
장례를 치렀을까

혹시

갈라지기도 전에
구더기들이
들끓었나

침묵의 주름

나는 지금 침묵의 주름을 넘고 있어

잊어버렸구나

그 혓바닥

어제는 무슨 모양이었더라

눈 감은 사이 이미 묻어버린 땅 아래는

시선도 두지 않기로

훨훨

오늘은

무거운 깃털부터 벗기로 했는데

어느 새는,

그 밤을
날았다

누구의
목젖도 흔들리지 않던
그 밤을

무명

벽을 드리우는 그림자에
골골골
저단한 실톱 소리를 내던
고양이의 등이 굽었다

가장 푸르던 동공은
세수하듯 흘러내렸고
비죽이 솟은 발톱 끝이
잠깐, 말을 걸었다

누군가 이름을 부르다 마는
목소리 같은 하루

어디에 잠겨 있을까
닳아버린 그 부름

흰 여우가 눈을 파낸 자리에,
말간 절망 하나를 얹고 갔다

뉴저지의 저녁 거리에서 나는 기념처럼 받아온 빨간 티
셔츠를 입고 있었고 가슴팍엔 2002라는 숫자가 박혀 있었
으며 옆자리엔 미소를 머금은 동생이 앉아 있었고 그의 작
고 따뜻한 손이 어깨에 살며시 얹혀 있었고 그 보조개는 어
쩌면 겨울 설원 어딘가에서 흰 여우가 앞발로 눈을 움푹 퍼
올려 말간 절망 하나를 빌어준 뒤 내 눈 밑에 가만히 얹어놓
고 간 점이었을지도 모른다

3부
묻히고도 남은 밤

바다에는 마리아가 없다

창문에 비치지 않아

숨 쉬던 공허는 어디 갔지
무언가 하나 비틀어버리고 싶은데
어디 갔지

그러니까, 꼬리지느러미가 잘린 채
헤엄치는 것을 분명
창문이 보았는데

달의 측에 걸터앉아 은빛 미늘을 던지고 싶어 마리아의
그늘에 끝없이 잠겨 숨을, 삼키고 싶어

창백한 무명이
중얼거린다

울결아
네가 꺼지면

나는
멎는다

스으, 읏—

침묵.

씨눈

움찔
씨눈의 잔상이었다

저 깊은 적막 아래
낮은 부름에
몇 겹의 봄들을
돌려보냈으려나

움트지 말거라

먼 옛날
물을 삼켰던
그 입들이
벌어지려 한다

너는
이 고요를 붙든
마지막 껍질이다

새벽의 고동에
땅 아래를 설운 입들이
긁어댄다

이슬이 배인 적막을
후빈다

온도의 부재

숨만 붙은 고깃덩어리—

가르고
도려내고
발라내야 해

덩이들은
바닥에 퍼졌다.

해체된 살점들

희미해진 무게

이 밤이

애석하게도
이 밤이 주는 깊은 무기력은

―군주는 칼을 뽑았다.

날개를 배고
흉골을 찌르고
깃털을 태웠다

―울부짖음 뒤에 조의를 표했다.

기형의 혈관들이 토해낸
승전가를
아무도
따라 부르지 않았다

이 밤이 — 두 번째 장면

모순의 생채기들이 꿈틀거리자
허연 입김이
희박하게 피어오른다

'지울게
새겨 넣을게
본을 풀어
찢어진 살갗 따라'

잔열로 익어버린
수백 개
잔흔들

그 사이를
선홍빛 애벌레 두 마리가
기어간다
먼저, 꿰매버린다

유수

기척 없는 물이
나를 오래 속였다.

숨도 쉬지 않는
소沼— 라 불렀다.

바람도 파장도 없이
매일 같은 물결 아래

잠잠한 줄만 알았다.

고요는,
정말
그 밑에서 일렁이고 있었던 걸까

조금의 생

폐수처럼 탁했다,
어제의
석양

새벽 정적에 붙은
낯선 얼굴이 아니었다면
아마
몸을 들이진 않았겠지

가느다란 추 위에
파르르 떨리는
다리뼈
둘

조막만 한 엄지발가락을
뗐다,
놓았다

가느다란 추 위에
조막만 한 엄지발가락을
뗐다,
놓았다

어제는
머물고 싶었던
조금의 생이었음을,

핏줄의 문장

허기가 졌네
먹지 않았네

언제였을까

베어 물었던
말의 살코기

입안에 번지던
그 녹진함
아직

잊히지 않네

입 안에 고이는
오래 씹다 만
언어

꺼진 배
드러나는 뼈마디
손목 아래
휘감기는 푸른 정맥

갈증 끝에
핏물처럼,
문장이 맺혔다.

흉곽

맞닿은 척추
그 골짜기 사이로

스미는 체온

나는,
네 갈비뼈를
내 뼈마디 사이에 엮어

한 올 한 올
그러쥐듯

닿으려 했던
아주 오래전 너머

기울어진 채
감긴 채
굳어버린 열

그 미완에게

발가벗은 절망은 절뚝이며도 붉은 심장을 향해 걸어가려나
아마도 삼만 구천 보쯤 걸으면
이마에서 촛농이 천천히 떨어지지 않을까

그에게 심장이 없다는 말은
너무 참혹한 말이니까
그저 너는 삼만 구천 보를 걷기엔
아직 허약하니까

저 불그스름한 것은
아주 멀리 떨어져 있을 뿐이라고
말할 수밖에 없었지

나는 오늘
네가 되려다 만 것에게
어스름을 내주었다.

노란 태블릿

스물여섯 시간이
나를 삼켰다
어깨는

쑤시고 울컥이는
힘줄이
텅 빈 두개골을 두드린다

약을 챙기지 않는 날이 늘었다
노란 태블릿이
몇 번쯤은
사라졌다

잔해들이 책상 위에
여전히 썩지 못한
채 남아 있다

뒤틀린 사고의 부산물들,

분명히
어딘가
고장 난 게 아닐까

실외기 틈에 물까치가 새끼를 키운다 했다
(냉장고는 분명히)
그렇게 얼어 있던 날인데

봄에 샀던 달걀을
여름 한복판에
꺼내 굽자는 말일지도

괜찮을 거니까,
끝까지
썩자.

기억에 동그라미를 치다

그 사람이 걷던 길
잔편들이
벗겨진 간판의 등줄기를 쓸고 있었다

바람 없는 날에
구겨진 우산을 든
그림자를

나는
잊지 못한 날들만
달력에 둥글게 쳐놓곤 했다

휘어진 입매 하나로도,

살아 있다는 걸
누구에게
그토록 증명해야 했을까

비명을 삼킨 허기

흉터는
차라리
보여주지 않는 쪽이
조금 더 오래 살아

찌꺼기 더께는
다시 묻어두는 게
그나마 투명해지는 일이었지

―

손톱을 세웠다
(증오였나)

고통받지 않았으면
하지만 절망은 졌으면

피는 굴곡을 타고 흘러
점점 퍼져

열두 해를 묻고
스무 해를 묻어도

그 바닥이 기억하겠지

너를.
아니
내 피를,
목마른 바닥이
꿀꺽 삼켰던 내 외침을

비명을 삼킨 허기가 다가오고 있어.

벼루던 입술이
터져 나왔다

나는,

우리 안에 매장되어 있어.

4부

몸의 말들

서서히 꺼질 때까지

한밤을 닦고 온, 먹먹한 여명을
창끝에 맺힌 채로

내 속 점막에
문질러 묻히고 싶었다

그 입에
그 몸에
그 기억에

붉고 번지던 도시의 환각이
내 안에서
서서히 꺼질 때까지

말 아래 말처럼

두 번을 걸었고
한 번도 받지 않았다.

가라앉은 울림은
말 아래 말처럼

너는 나를 몰랐고
나는 너를 잊지 않았다.

우두커니 드리운
헤진 베갯잇

너무 오래 스며든

나의 수치
나의,

영등포역에서 흩어진 팔

역 앞에서 구걸하던 팔이
허공을 더듬는다

팔꿈치에
타다 남은 심지

이리저리
흔들리다
무엇에
몽당해졌는가

어느 날
빈 도시락통을 흔들며
걷던 팔이

그해 겨울
누런 형광등 아래 떨던
그 팔이

서른 발짝마다 고장 나는
만보계를 찬 채
처음으로 높이 들어 올렸던
그 팔이

몇 계절 지나
때가 낀 옷깃을 만지작대던 팔
어쩌다
잊힌 제삿날 접시에
얹혔는가

운동장 구석에
흙을 끌어모으던 손등은

어쩌다
여물다 만 세월에
흩어졌는가

흩어졌는가

버팀목

굽거나
서 있거나
무언가를 받치며

마디마다 저릿한 무게가
등을 짓눌렀다

몸 안 가장 오래
곧게 버틴
그였지만

단 한 번도
방향을 말한 적 없고
또 다른 등을 향해
가리킨 적도 없었다

어떤 뼈는
제 위치를 잃은 채 살아도

아무도 눈치채지 못한다

숨이 붙어 있으면
살아 있는 몸이라 믿었다

그러니 그는
아주 천천히
목을
들기 시작했다

나이테를 굵게 저미던 식칼로
검지 마디를
툭.
잘라냈다

구토

불안이—

목을 적신다

첫입도 삼키지 못한 채

혀뿌리를 훑는다

구부러진 숟가락

입천장에 눌러붙은 기름막

손바닥 위로 얼룩진

뭉근 수은

입 안을
눌러 넣었다

구토 — 두 번째 입

잇몸 아래서 굴렸다
비릿한 살점을 씹듯이
목구멍에 걸어놓고
온종일 삭혔다
끈적하게 눌어붙어
입천장을 뒤집고
혀뿌리를 찢어도
단 한 줄도
네가 흘린 건 나오지 않았다

구토 — 세 번째 입

너무나 또렷하게 떠진 날이었다
고달픈 커튼이
뱃속의 바람을 흔드는 소리였는지
십사 해째 잘만 굴러가던 타이어에
사무치는 애수들이
고무 갈라진 데 박혀
켁켁
거리는 소리였는지

그런 아침은
원래 눈이 시리도록 밝아야 하는데
이상하게 흐린 날,
얇은 안개가
유리창 속에서 오래 울고

눈을 떴을 뿐인데
곧게 뻗은 다섯 개의 선들과

그 아래
자그마하게 솟은 언덕
그게 그렇게
집요하게
그려지면 안 되는 거였어

도리어
아무도 이상하다고 말하지 않은 날이었다
종이 모서리를 잡고
그 손을
사락, 베어봐도
아무도 탓하지 않을 것 같은 날이었다

오늘 아침
눅눅한 침대보 위에 누워
한철의 울컥함보다
느리게 가라앉는다

해묵은 입술

얼굴보다 앞서
기억되던 사람은

끝내 이름을 남기지 않았던가,
너무 많은 입술에
닿았던가

나의 입은
말의 잔해를 물고 있다.

다시 뱉어보기엔
해묵은 핏기가
너무 오래
시려 있었다

마린스키 극장에서

떨리는 발끝 하나로
고인 침묵을 가르면

어스러진 턱을 부여잡아
접힌 근막을 따라

흘러내린 원초
당신의 그을음을 따라

한 올의 잿빛, 끝까지

나는 바츨라프 니진스키.
무대에 떨어진
탈색된 말들을 줍고서
언어 이전의 문장을 꺼내기 시작했다

매미는 뱉기보다

회색의 靈에게
내 비애를 묻는다.

목청이 닳은 매미는
뱉기보다, 아아 나는
뱉기보다,

말라버린 기공
나의 연분홍 잉크로
물길을 트고
방울진 진물에
후우우
뜨거운 부채질

눈곱 잔뜩 낀
늦은 순댓국을 배달하던
오토바이의 클락션만이

그 여름을
끈질기게, 지나갔다.

회색의 靈에게

살아 있는 쪽의 일은
늘 뱉기보다,

밀랍의 몸

가죽처럼 굳은 팔꿈치는
혈관들이 얼어붙은 것처럼 멈춰서

흰빛으로 윤이 흐르는 발등은
먼지마저 끼지 않은 매끄러움으로

움직임은 있었다.
움직임은 있었다.
움직임은 있었다.

숨은 쉬지 않았다
그저 가슴께가 들어 올려졌다가
내려앉을 뿐

목덜미에 없는 맥박
눈동자에 없는 흰자

입술은 말라 삐쩍 벌어졌고

무릎은 닫힌 채 그대로 굳어 있었다

완성된 표정
완성된 자세
완성된 침묵

있었다
…
없었다
없었다.

(살아 있는 것들은, 그렇게 완벽하지 않았다)

파편으로도

부서진 연골들
천천히 분무되는 영혼이
차마 눈을 부릅뜨고
토막 냈을
날들

허옇게 굳은 갈비찜을 미적이던
어느 날
말릴 새도 없이 혀가
저며왔다

하나를 생이별한
끈끈한 눈물
둘은
게으른 위장에
쿡,

씹다 만 뼈살을

너덜너덜
되새김질하는
비루한 넋도

언젠가는
오장육부 너머로
뱉어내겠지,

영겁의 숨을

깨진 렌즈로도
놓지 못한
핏기 어린 응시로

흑백은 어둠을 잃지 않는다

식어버린 국물
미지근하게 마시다
입가에 찍힌 주근깨

무엇이
바닥을 저리도 덮었기에

매 필름마다
거뭇한 점들이
번졌을까요

브이자를 그리고 있어도
젖은 손끝에서는
화상이 맴돕니다

입술까지 옮겨붙은
그 산불은

살고 있던 것부터
살아 있던 기억까지
차례로

무르익은 마음부터
먼저 재로 만들고
그제야 나무를 집었지요

다 타고 남은 후에야
흉터조차 새기지 못한

검게 말린 기록.

그날
징조보다 먼저
혀에 남은
짠기

고통의 회랑

정맥이 흐르지 않는 벽
울음을
손바닥으로 칠한다

지나가는 어깨에 아무
저항도 없이

바스러졌다.
발바닥에 밟히는

낡은 맥박

텅 빈 통로에
무릎을 꿇은
고통이,

입을 봉한 채
순서를 외운다

잔교

어스름한 저녁
갈빛 곰팡이에 걸터앉아
자갈을 던지며

하나
둘
삼켜진다

고이 가라앉으며
눈동자 하나도
흔들리지 않았다

그 바다를 지나왔어 —

두 눈이 마주친다면
어디론가,
가물거리는
지평선 쪽이었겠지

필연, 아마도

붉어지다 못해
충혈된
썰물

갯게의
소금기 어린 방울조차

덮을 수 없을 거야

너도
그 끝을 알잖아.